Pour Serena

NordSud

© 2012 Éditions Mijade
    18, rue de l'Ouvrage
    B-5000 Namur
    pour la présente édition revue

    © 1989 - Hans de Beer pour le texte et les illustrations
Traduction française de Anne-Marie Chapouton

Titre original : Lars, komm bald wieder
1988 - NordSüd Verlag (Zurich)

ISBN 978-2-87142-812-1
D/2012/3712/69

Imprimé en Belgique

Hans de Beer

Plume

en bateau

Mijade

Au Pôle Nord, tout est blanc.
C'est le pays de Plume, le petit ours polaire.
Il aime faire des glissades sur la neige.

Il adore aussi faire la planche sur l'eau glacée
en se laissant porter par les vagues.

Et lorsque l'estomac de Plume se met à gargouiller,
c'est l'heure de retrouver son papa et sa maman
pour un bon déjeuner!
Plume nage donc vers le rivage, quand tout à coup…
il se sent entraîné au fond de l'eau!

Autour de lui, il y a des poissons par centaines.
Le petit ours gigote de toutes ses forces
pour se dégager et remonter à la surface,
mais ses efforts ne servent à rien.
Soudain, le voilà enfin hissé hors de l'eau! Ouf!
C'est alors qu'il comprend qu'il est pris au piège
dans un filet de pêche.

Hop! Le filet s'ouvre d'un coup
au-dessus d'un grand trou.
Plume dégringole parmi les poissons.

Il doit s'échapper! Voilà une échelle!

Vite, il grimpe, et par une petite fenêtre ronde,
il découvre la mer à perte de vue.
Tout est sombre.
Où est donc son pays de neige et de glace?

Plume a senti l'odeur du vent frais et de la mer.
Il monte un escalier mais, arrivé en haut,
deux yeux jaunes le fixent.

Il est prêt à se sauver quand une voix l'appelle:
– Il ne faut pas avoir peur de moi.
Je suis Nemo, le chat du bateau.
C'est un dodu animal à poil roux
qui n'a pas l'air méchant du tout.

Nemo devient aussitôt l'ami de Plume,
qui lui raconte son aventure.
– J'ai été pris dans le filet à poissons. Je dois vite
rentrer chez moi, sinon mes parents vont s'inquiéter.
– Oh là là, dit le chat, quelle histoire !
Mais ce bateau retourne au port, tu ne peux pas
rentrer chez toi comme ça. Bon, ne te fais pas
de souci, je parlerai de toi à mes amis,
il y en aura bien un dont le bateau repartira bientôt.
En attendant, viens avec moi, tu dois être affamé.

Maintenant qu'il a le ventre plein, Plume se sent déjà un peu mieux.
Il s'allonge à côté de son nouvel ami et il s'endort profondément.

– Il vaut mieux que personne ne te voie, dit Nemo.
Alors, pendant la journée, le petit ours polaire se cache.
Mais chaque soir, il retrouve Nemo et, ensemble,
ils regardent l'immensité de la mer en se racontant leur vie.

Une nuit, Plume aperçoit des lumières dans le lointain.
– Qu'est-ce que c'est ? demande-t-il.
– Nous approchons du port, répond Nemo,
nous sommes presque arrivés.

Un peu plus tard, ils se glissent sans bruit sur le quai.
– J'espère que personne ne te remarquera, chuchote Nemo.
Mais le cœur de Plume bat si fort qu'il ne l'entend pas.

Plume est très surpris en voyant les saletés
et les papiers gras qui traînent sur le port,
et toutes les ordures qui flottent sur l'eau.

Pouah! Il n'aimerait pas nager là.

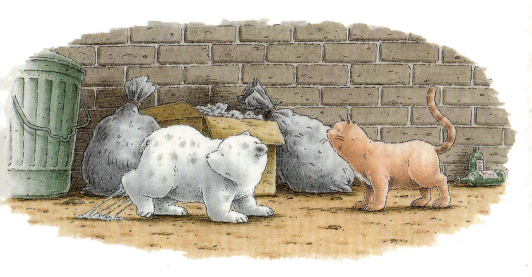

Sans bruit, Nemo et Plume avancent
dans les ruelles et les cours sombres.
Plume pense à son pays si propre et si blanc.
Ici, c'est un monde si différent du sien.
Il se sent tout sale.

Plume suit Nemo avec difficulté, il n'a pas pour habitude
de marcher en haut des murs !
– On est arrivés ! dit Nemo en sautant par terre. Plume hésite.
Il a peur de tous ces yeux qui brillent en bas, dans l'obscurité…
– Viens, dit Nemo. Ce sont mes amis.

Une bande de chats s'approche de Plume avec curiosité.
Ils n'ont encore jamais vu un ours polaire.
Nemo leur raconte ce qui est arrivé à son ami.

Un chat noir et blanc s'avance.

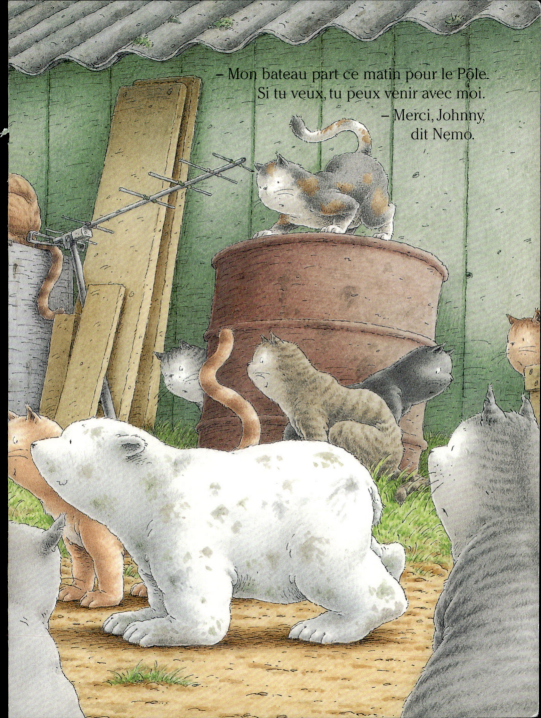

– Mon bateau part ce matin pour le Pôle.
Si tu veux, tu peux venir avec moi.

– Merci, Johnny,
dit Nemo.

Plume est tout excité à l'idée de rentrer dans son pays.
Il court vers le port, devant les autres.
– Attention au camion ! hurlent ses amis.
En rugissant, une masse énorme lui passe sous le nez.
Quelle peur il a eue ! Maintenant, Plume les suit prudemment.

Les voilà arrivés au bateau. Plume doit dire adieu à Nemo.
– Au revoir, Nemo, au revoir !
– Dépêche-toi ! crie Johnny. Si quelqu'un te voit,
tu ne retrouveras jamais ton Pôle Nord.
Plume court à toutes pattes, mais, arrivé au milieu de la passerelle,
il se retourne encore une fois.
– Au revoir, Nemo ! dit-il à nouveau.
– Miaou, répond tristement le chat.

Chaque nuit, Plume scrute l'horizon. Après trois jours,
on distingue enfin une ligne blanche au loin.

– Regarde, Johnny, on arrive !
Plume voudrait sauter tout de suite par-dessus bord.
Il est si heureux !
Mais Johnny lui conseille de ne pas se faire remarquer.
– Laisse-toi glisser le long de la chaîne de l'ancre.
Plume descend ainsi sans bruit.
– Au revoir, Johnny, merci !

Plume nage avec délice dans la bonne eau glacée.
Quand il arrive sur la glace,
il est à nouveau blanc comme neige.

Il court et saute de joie.
– Papa, Maman, me voilà !
Et il leur raconte son incroyable voyage là-bas au loin.
– Regardez, il est comme ça, Nemo, explique-t-il
à son papa et à sa maman qui n'ont jamais vu de chats.
Et il imite son ami devant ses parents amusés.